EXPOSÉ ET DÉFENSE

DE LA

CROYANCE CATHOLIQUE

SUR LA

POSSESSION DU DÉMON

D

EXPOSÉ

ET

DÉFENSE

DE LA

CROYANCE CATHOLIQUE

SUR LA

POSSESSION DU DÉMON.

> Prenez garde que personne ne vous surprenne par la philosophie, et par des raisonnemens vains et trompeurs, selon une doctrine toute humaine, et selon les observances qui étaient les élémens du monde, et non selon J. C. ÉP. AUX COLLOSSIENS, CHAP. 2., V. 8.

PAR M. L'ABBÉ G. SABATIER.

TOURNON, DE L'IMPRIMERIE DE P.-R. GUILLET. -- 1827.

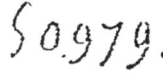

INTRODUCTION.

Des Faits que nous ne sommes point en voie et en droit de qualifier, arrivés au village de la Louvesc, célèbre par le pélérinage au tombeau de St. François Régis, sont devenus pour les habitans des contrées rapprochées l'objet de sérieux entretiens.

Parmi ceux qui en ont fait la matière de leurs conversations, les uns, à trop facile crédulité, ont, sans examen préalable et avant de connaître le jugement porté par les Supérieurs Ecclésiastiques, juges naturels en cette délicate matière, cru à la réalité de la Possession. D'autres, sans chercher à éclaircir des faits qui étaient de nature à exciter l'étonnement des nombreux témoins que la dévotion ou la curiosité emmenaient au lieu qui en était le théâtre, ont proféré les dénégations hardies et toujours gratuites de l'incrédulité; et des chrétiens, peu instruits de ce qu'ils doivent croire, sont devenus, sans y penser, les échos de l'erreur.

C'est dans le but de prémunir les ames fidèles contre le scandale de ces fausses doctrines, que nous avons, dans la circonstance présente, cru utile de faire connaître les principes que professe sur ce point la Religion Chrétienne; n'entendant expressément faire de ces principes aucune application aux faits du moment sur lesquels il ne nous appartient pas de prononcer.

Pour donner à cette courte dissertation un ordre qui en facilite l'intelligence et en assure l'utilité, nous nous proposons plusieurs questions dans la solution desquelles consistera ce que, sur ce point important, nous avons à soumettre au lecteur.

QUESTION PREMIÈRE.

Qu'est-ce que la Possession ?

LA Possession en général est la jouissance d'une chose. Cette jouissance que confère la Possession, diffère selon la nature de la chose possédée et selon l'étendue du domaine acquis.

La Possession par le Démon est donc la jouissance qu'a le Démon d'un être créé ; et faisant à la Possession de l'homme l'application de cette définition générale, la Possession sera la jouissance que le Démon aura de l'homme. L'homme étant composé de deux substances essentiellement différentes, l'ame et le corps, la Possession différera selon que ce sera ou l'ame ou le corps qui sera sous la jouissance du Démon.

La Possession de l'ame suppose une faute qui prive l'homme de l'amitié de son Dieu ; de manière à le rendre tributaire d'éternels châtimens à l'égard de la Justice divine. Ce genre de Possession n'entrant nullement dans notre plan, nous nous contentons de l'indiquer.

La Possession du corps, qui est la seule dont nous nous soyons proposé la discussion, compatible avec l'état de grâce, suppose une action du Démon sur le corps de l'homme. Cette action du Démon sur le corps de l'homme peut être ou intérieure ou extérieure. Si elle est extérieure, il n'y a que simple Obsession selon l'expression des Théologiens. C'est ainsi que fût possédé Job et telle fût la Possession de J. C., transporté par le Démon sur la montagne et le pinacle du Temple. Si elle est intérieure, elle retient le nom de Possession. Ce dernier genre de Possession suppose dans le Démon un pouvoir en vertu duquel prenant comme la place de l'ame ou acquérant une puissance supérieure à la sienne, il devient le principe des paroles et des mouvemens de l'homme. Les possédés sont aussi appelés énergumènes, c'est-à-dire, agités au-dedans.

Nous n'entrerons pas, en développant notre matière, dans cette distinction de Possession et Obsession. Nous laissons au lecteur le soin de classer d'après elle les faits que nous pourrons apporter en preuve.

QUESTION DEUXIÈME.

Que doit penser un Chrétien catholique au sujet de la possibilité de la Possession?

LE Chrétien Catholique n'admet qu'une seule règle de ses jugemens, en matière de Religion. Cette règle est la croyance de l'Église, dépositaire infaillible de l'enseignement de J. C.

C'est donc dans cette croyance de la Société Chrétienne, s'exprimant par l'organe de ses premiers Pasteurs, qui seuls ont reçu le droit d'enseigner, que nous devons chercher la réponse à cette question. Or, soit que guidés par elle nous cherchions à connaître le sens des livres saints, soit que nous écoutions les témoignages des Pères, interprètes fidèles de sa foi, soit enfin que nous méditions sa morale et sa discipline, nous obtenons par toutes ces diverses voies des preuves irréfragables de la possibilité de la Possession.

PROPOSITION.

La Possession est Chrétiennement et Catholiquement possible.

——◄►——

1.º De ce qu'une chose a existé, on peut et on doit même déduire la possibilité de son existence. Or, l'existence de la Possession se trouve attestée par le nouveau comme par l'ancien Testament, ainsi que nous l'établirons dans le cours de cette dissertation. Donc un Chrétien doit en admettre la possibilité.

2.º Nous devons admettre comme possible ce dont J. C. a fait l'objet d'un pouvoir spécial conféré à ses Apôtres. Or, J. C. a fait de la Possession l'objet d'un pouvoir spécial conféré à ses Apôtres. J. C., en effet, les réunit. Tous devant participer au pouvoir qu'il va accorder, il veut que tous soient présens, *convocatis autem duodecim discipulis*; et c'est alors qu'il leur donne la vertu de chasser les Démons, *dedit illis virtutem et potestatem super omnia Dæmonia.* Pouvoir essentiellement distinct de celui de guérir les malades puisque incontinent, l'Evangéliste ajoute; et de guérir des maladies, *et ut languores curarent* (1). C'est dans cet acte de la puissance spirituelle de J. C., que l'Eglise a vu l'institution d'un des ordres mineurs, ordre qui donne exclusivement à celui qui le reçoit, le pouvoir de chasser les Démons. Cet ordre est celui de l'Exorciste; et le Pontife en le conférant s'exprime ainsi : *Accipe et commenda memoriæ et habe potestatem imponendi manus super energumenos sive baptisatos sive cathecumenos.*

3.º Ce que l'Eglise croit universellement, ce qu'elle a

————————————

(1) St. Luc. chap. 9., v. 1.

toujours cru est vrai, où il n'existe en matière de Religion aucune règle de vérité. Or, dans tous les siècles, l'Église a cru ; or, dans tous les lieux, l'Église croit à la possibilité de la Possession. Donc la Possession est catholiquement possible. A l'appui de l'universalité de cette croyance de l'Église, on peut alléguer le langage et l'enseignement toujours uniformes de ses Docteurs et les règles de discipline qu'elle prescrit à ses Ministres. Elle institue des prières d'exorcismes et les accompagne de réglemens propres à prémunir l'exorciste contre les dangers de l'illusion ; elle frappe de ses anathèmes tout rapport avec le Démon. L'Église a donc cru, elle croit donc à la possibilité de la Possession.

Voilà ce que croit l'Église ; et c'est sur son témoignage que notre Foi est basée, puisque nous n'avons la certitude de la Foi que par elle. Lui refuserions-nous une soumission entière et parfaite. Ah ! si notre intelligence, peu satisfaite, répugne à se laisser guider par la céleste clarté de ce flambeau divin, nous devons lui faire le sacrifice de nos répugnances.

Sacrilèges calomniateurs de l'Église ! Votre orgueil effrayé se refuse à son joug, parce que tout joug vous charge trop péniblement. Je me trompe ! Il en est un que vous chérissez encore ; c'est celui des passions de votre cœur. Ne croyez pas, lâches déserteurs de la Foi de vos Pères, que vos dérisions ébranlent la Foi du fort ! Elles peuvent faire impression sur celui qui est digne d'occuper une place dans vos rangs ; mais le vrai Catholique, fort de l'appui inébranlable que l'Église prête à sa croyance, méprise hardiment vos insultes, et unissant sa voix à celle de cette Mère commune dont vous déchirez le sein, lance sur votre mensonger symbole les anathèmes du ciel, et range vos erreurs, productions hideuses de votre raison, parmi celles que la folie marque de son sceau de réprobation.

Parlez de momerie ! Parlez de superstition ! Parlez de siècles d'abrutissement et d'ignorance ! L'Église, organe fidèle d'un Dieu qui se joue de vos lumières, continuera à faire entendre ses infaillibles décisions ; et le chrétien prudent, toujours chrétien catholique, en dépit de votre orgueil, ne cessera jamais d'en faire la règle de sa croyance.

Comme ceux que nous désirons éclairer, pourraient avoir à défendre ce point de la croyance catholique contre des adversaires philosophes qui annoncent n'admettre d'autre autorité que celle du raisonnement ; nous croyons devoir pour la satisfaction du lecteur, et non pour la certitude de la chose, exposer les preuves propres à établir la possibilité philosophique de la Possession. A cette fin, nous nous proposons cette question.

QUESTION TROISIÈME.

Que doit, penser un philosophe (1) de la possibilité de la Possession ?

Nous convenons que la Possession n'est point dans l'ordre commun, et qu'elle suppose une interruption des lois ordinaires. Nous convenons de plus, que ce n'est point par sa vertu propre, par sa puissance, que le Démon possède une personne ; qu'il ne le peut qu'avec la permission ou par l'ordre de Dieu. Mais qu'il y ait absolue impossibilité ; c'est ce dont nous ne pouvons également convenir.

---

(1) Un Philosophe est celui qui cherche la vérité avec les lumières seules de la raison humaine.

PROPOSITION.

La Possession est philosophiquement possible.

L'impossibilité que supposent nos adversaires proviendrait, ou de la différence essentielle qui existe entre les propriétés matérielles de notre corps et les propriétés spirituelles du Démon, ou de ce que Dieu ne pourrait conférer au Démon une telle puissance, sans blesser ses adorables Perfections. Or, l'une et l'autre de ces hypothèses sont également dénuées de solide fondement.

1.º Cette impossibilité ne peut se déduire de la nature toute spirituelle du Démon. Ce serait tomber dans les abimes ténébreux du matérialisme; puisque notre ame qui est un esprit ne pourrait, par légitime conséquence, être pour notre corps un principe d'action.

2.º Ce n'est pas avec plus de succès qu'on cherche une raison de cette impossibilité dans les attributs de Dieu.

Cette proposition n'étant susceptible d'autre preuve que de la réfutation des suppositions contraires, nous allons exposer la réponse aux principales objections qui peuvent être proposées contre la vérité qu'elle exprime. Nous empruntons cet exposé à M. l'abbé de Vence. Le mérite de cette citation, quoique longue, sera apprécié, vu la clarté, la beauté et la force des raisonnemens de l'auteur (1).

« Mais, si vous convenez, dit l'incrédule, que les Possessions et Obsessions ne peuvent être qu'un effet singulier de la puissance de Dieu, qui accorde ce pouvoir au Démon, et que cet effet peut être regardé comme miraculeux; un

_____

(1) Dissertation sur les Obsessions et les Possessions.

tel miracle serait-il digne de Dieu? Aucune raison ne peut
ce semble, engager Dieu à donner au Démon ce pouvoir.
Il paraîtrait agir de concert avec cet ennemi de sa gloire
et du genre humain; il exposerait les faibles au scandale,
en leur donnant une trop haute idée du pouvoir du Démon....
Enfin, il multiplierait les miracles sans nécessité; car combien de miracles ne suppose pas un état qui ne peut être
que miraculeux !

» Ainsi raisonnent des esprits superbes et présomptueux
qui osent mesurer leur sagesse avec celle de Dieu. Qui
sommes-nous pour juger ce qui est digne ou indigne de
Dieu ? Rien n'est essentiellement indigne de Dieu, que ce
qui est essentiellement opposé à la justice et à la vérité qui
est Dieu même. En accordant ce pouvoir au Démon, Dieu
peut avoir en vue ou de châtier le pécheur, ou d'éprouver
le juste, ou de faire éclater sa propre gloire. Ou plutôt
loin d'agir en cela de concert avec l'ennemi de sa gloire,
c'est au contraire toujours pour sa gloire qu'il accorde ce
pouvoir à son ennemi; car, sa gloire éclate même dans
l'épreuve du juste et le châtiment du pécheur. Et, ce n'est
point agir de concert avec l'ennemi du genre humain; c'est
seulement se servir de l'ennemi du genre humain comme
d'un vil esclave pour l'exécution de ses volontés toujours
justes, toujours saintes. Ce n'est point aussi exposer les
faibles au scandale, en leur donnant une trop haute idée du
pouvoir du Démon; parce que les faibles mêmes ont d'ailleurs
assez de preuves pour se convaincre de la faiblesse du pouvoir
du Démon, qui ne peut que ce que Dieu lui permet, et
sur lequel l'esprit de Dieu conserve toujours un pouvoir
supérieur, auquel cet esprit de ténèbres est forcé de céder.
Enfin, si en permettant les possessions, Dieu paraît multi-
plier les œuvres surnaturelles qui sont les effets de son pouvoir suprême, qui sommes-nous pour prétendre qu'alors

on puisse dire qu'il multiplie les miracles, sans nécessité ? Admirons les merveilles de sa puissance, et ne prétendons pas leur prescrire des bornes. »

Nous croyons, pour prévenir une objection, observer que la Possession d'enfans baptisés, de personnes innocentes, ne peut rien prouver contre la justice souveraine de Dieu, parce qu'alors Dieu peut se proposer la manifestation de sa gloire et l'édification des autres hommes. En un mot, quel que puissent être ceux que Dieu livre à cet état, enfans ou adultes, innocens ou coupables, il sait pourquoi il les afflige, et ce n'est pas à nous à lui prescrire des bornes, ni à lui demander les raisons de sa conduite.

« Mais, répond l'incrédule, si c'est pour manifester les œuvres de sa puissance, que Dieu permet qu'il y ait des possédés, pourquoi n'en voit-on pas dans tous les lieux et dans tous les temps. Pourquoi se trouve-t-il des nations entières où l'on ne connaît point de possédés......

» Dieu dispose du Démon comme il lui plaît : et ce n'est pas à nous à lui demander pourquoi il lui accorde plus de pouvoir dans un temps et moins dans un autre ; plus au milieu d'un tel peuple et moins au milieu de tel autre. Ses conseils sont toujours pleins de sagesse : adorons-les, et ne prétendons pas en pénétrer la profondeur.

» Dieu peut accorder au Démon le pouvoir de posséder le corps d'un homme, c'est ce qu'il nous suffit de savoir. Pourquoi le fait-il ? C'est ce que nous ne devons point approfondir.

» Mais, continue l'incrédule : Pourquoi tant insister sur la possibilité des Possessions ? On s'imagine que nier les Possessions des Démons, c'est attaquer la Religion dans ce qu'elle a de plus sacré.... Vaine terreur. C'est au contraire rendre à la religion un service essentiel, puisque c'est la purger des superstitions et diminuer le nombre des faux miracles......

« Ne semblerait-il pas en effet que la Religion aurait de grandes obligations à ces esprits téméraires ? Oui, sans doute, purger la Religion des vaines superstitions, et dé montrer la fausseté des faux miracles, c'est rendre à l'Église un service essentiel. Mais aussi nier de vrais miracles, et détruire la croyance des faits rapportés par les écrivains sacrés, c'est ravir à Dieu la gloire qui lui est due ; c'est scandaliser les faibles ; c'est favoriser les libertins ; c'est introduire une licence effrénée dans les sentimens, un Pyr rhonisme intolérable....

» Mais en permettant les Possessions, Dieu agirait, dit-on, contre l'intérêt de la Religion. Ces hommes téméraires seront ils plus sages que Dieu, et sauront-ils mieux que lui quel est le véritable intérêt de la Religion, ou plutôt quel est son propre intérêt ? Car l'intérêt de la Religion est l'intérêt de Dieu. Ce que Dieu fait pour sa gloire serait-il donc contre ses intérêts ? D'ailleurs, n'est-il pas de l'intérêt de la Re ligion que la puissance de Dieu soit manifestée ? Et la puis sance de Dieu peut-elle être mieux manifestée que lorsque nous voyons, sous nos yeux, le Démon user d'un pouvoir qu'il ne peut recevoir que de Dieu ; lorsque nous voyons que ce pouvoir accordé au Démon est renfermé dans des bornes que Dieu seul peut avoir prescrites ; enfin, lorsque nous voyons que ce pouvoir cesse, sans que cette cessation puisse avoir d'autre cause que la puissance même de Dieu qui ôte alors au Démon le pouvoir qu'il lui avait accordé. Et de plus, le pouvoir de chasser les Démons n'est-il donc pas une des preuves de la vraie Religion ? Une fausse Re ligion peut-elle avoir ce pouvoir ? »

Forcé de convenir que la Possession en elle-même est pos sible, et qu'elle n'a rien d'indigne de Dieu. Le philosophe incrédule cherche à en démontrer l'incompatibilité avec la nature de l'homme.

« S'il est vrai que le Démon obsède réellement un énergu-
mène, il faudra reconnaître dans cet homme, tout-à-la-fois,
pour ainsi dire, deux principes d'actions, c'est-à-dire, deux
esprits qui tour-à-tour, ou tout-à-la-fois, le feront agir,
savoir, le Démon et l'ame de cet homme. Ces deux principes, nécessairement contraires et ennemis, se combattront
continuellement; et le corps qui sera le théâtre de tous ces
combats, ne pourra subsister long-temps.

» Il faudra reconnaître dans cet homme deux principes
d'actions; mais le concours de ces deux principes est-il donc
plus difficile à concilier que ce qui nous arrive à tous, lorsque nous sommes agités en même temps par divers désirs
ou diverses passions, ou frappés par la présence de diffé-
rens objets ? Un homme obsédé n'est pas incessamment mu,
et agité par le Démon. La volonté humaine domine à son
tour sur les mouvemens du corps ; elle résiste au Démon,
elle le combat. Et quand on avouerait que les opérations
de la liberté de l'ame serait suspendues et enchaînées, en-
sorte que pendant l'obsession actuelle elle ne ferait aucun
usage de ses connaissances et de sa liberté, que pourrait-on
conclure ? Ne voyons-nous pas tous les jours des personnes
qui parlent et qui agissent pendant la nuit et en dormant ;
d'autres qui marchent et qui s'habillent dans le sommeil,
sans qu'ils s'en souviennent à leur réveil, et sans que
leur esprit et leur liberté y ayent aucune part ? Il n'y a là
ni miracle ni inconvénient; il n'y en a pas davantage dans
les actions des démoniaques. Leur ame est comme endormie,
et ses opérations sont suspendues. Le corps, livré alors au
pouvoir du Démon, ne souffre que ce que Dieu permet au
Démon de leur faire souffrir.... Car, comme le Démon ne
peut avoir de lui-même aucun pouvoir sur le corps d'aucun
homme, le pouvoir que Dieu lui accorde a aussi ses bornes,
au-delà desquelles il ne peut passer. Ainsi, soit que les deux

principes qui agissent alors sur le corps, se combattent, soit qu'ils ne se combattent point, le corps n'en souffre ni plus ni moins, parce que le pouvoir du Démon est borné.

» Mais, ajoute l'incrédule, de quoi ne serait pas capable un Démon, qui se serait rendu maître d'un corps? Que ne dirait-il pas? Que ne ferait-il pas? Où emporterait-il ce corps? Voit-on dans les histoires quelque chose qui réponde à ce que nous en concevons? Quelles découvertes par le moyen d'un tel Démon? Quel fonds de connaissances n'en tirerait-on pas?

» Vaines questions, détruites par ces deux mots : le pouvoir du Démon est borné; il ne peut dire et il ne peut faire que ce que Dieu lui permet. »

Nous basant sur les développemens que nous venons de fournir, nous nous croyons en droit de conclure que la Possession n'a rien d'incompatible avec la nature du Démon et celle de l'homme, rien qui ne puisse s'allier avec la Sagesse divine. Conclusions préliminaires qui nous emmènent à cette conclusion unique et qui n'est que ce que nous avons entrepris d'établir: *La Possession est philosophiquement possible.*

Ces dernières preuves, que nous avons apporté à l'appui de la croyance catholique sur la Possession, suffisent pour dissiper les doutes de l'homme sincèrement ami de la vérité; du philosophe qui n'a point encore adopté pour devise religieuse : je ne croirai pas quand même !..... Supposons néanmoins que le résultat ne répondît point à notre attente. Que faudrait-il en conclure. Que notre faible intelligence incapable de s'élever à la hauteur des œuvres de Dieu ne peut se rendre entière raison de cet acte de la Puissance et de la Sagesse divines. Et quel est l'homme assez audacieux pour opposer à la puissance de Dieu les bornes de son intelligence. Dans cette supposition il resteroit toujours, pour

guider, et guider avec certitude notre croyance, la règle
catholique. Cette règle, faite pour les hommes, est un frein
pour le savant et une lumière pour tous ; semblable au
phare du vaisseau qui en domine le mât pour éclairer pendant une nuit obscure et orageuse le plus intrépide comme
le plus timide des matelots.

QUESTION QUATRIÈME.

Que doit-on penser de la réalité ou existence de la Possession ?

Sans entreprendre de démontrer philosophiquement l'existence de la Possession, nous observerons que vu sa possibilité,
il ne faut point être si fortement en garde contre chaque
fait qu'on n'en admette aucun ; et si l'on ne veut pas se
donner la peine d'explorer les faits, du moins doit-on admettre
l'existence en général, en se basant sur ce simple raisonnement ; si, sous le rapport de la Possession, trop de faits sont
rapportés pour que tous soient vrais, trop de faits sont rapportés pour que tous soient faux. L'histoire d'aucune nation
y est entièrement étrangère ; et sans parler ici des livres
saints, considérés seulement comme histoire authentique, nous
pourrions citer les lois romaines sévissant avec sévérité
contre les Magiciens, jugés capables de causer un mal physique ;
les Historiens profanes Tacite, Suétone, Amien - Marcellin
et autres qui ont consigné dans leurs histoires des récits
d'opérations magiques ; les Poètes qui ont par leurs vers

exprimé cette multitude d'enchantemens opérés par les Cir-
cés et les Médées. Que nous annoncent les idolâtres, offrant
leur encens à des esprits méchans pour arrêter les effets de
leur malice.

Si nous nous abstenons de mettre en thèse philosophique
l'existence de la Possession, ce n'est point avec la même
timidité que nous entreprenons le développement des preuves
chrétiennes.

PROPOSITION.

L'existence de la Possession doit être admise par un Chrétien.

La vérité de cette proposition ne pouvant être établie que
par des faits, nous allons successivement parcourir les âges
divers de la Religion Chrétienne; et pour mettre dans cette
recherche plus de clarté, nous ne l'étendrons d'abord qu'aux
temps dont les Livres Saints nous ont transmis l'histoire;
temps que nous divisons en trois époques, et dont nous faisons
l'objet d'un premier paragraphe.

§. I.er

PREMIÈRE ÉPOQUE.

*Depuis la création du Monde jusqu'à la Prédication de
Jésus-Christ.*

Le premier exemple de Possession a été celui du serpent.
Exemple que nous croyons devoir citer quoiqu'il n'entre pas
directement dans notre plan.

L'ancien Testament nous fournit d'autres exemples qui
conviennent plus parfaitement au sujet que nous traitons.

Celui de Saül sur lequel le texte sacré dit, que l'Esprit du Seigneur s'étant retiré de ce Prince, ce Prince fut agité d'un mauvais esprit envoyé par le Seigneur, *spiritus autem domini recessit à Saül et exagitabat eum spiritus nequàm à Domino (1)*. Celui des sept maris de Sara, fille de Ragüel, qui furent tous mis à mort par le Démon Asmodé. *Tradita fuerat septem viris, et dæmonium nomine Asmodæus occiderat eos (2)*. Celui enfin de Job. Dieu donna à Satan la permission d'affliger le fidèle Job par la privation de ses biens, de ses enfans et de sa santé; comme on peut s'en convaincre par la lecture des deux premiers chapitres de Job.

Quelques interprètes (3), forts du sentiment de St. Chrysostôme, n'ont vu dans l'état de Saül, qu'une naturelle disposition à la mélancolie; maladie qui, dans ce prince, avait ses accès et ses redoublemens; et ils apportent en preuve le remède tout naturel qui était employé pour son soulagement, et qui toujours avait un heureux effet. L'Écriture Sainte nous atteste que le son de la harpe de David soulageait ce Prince.

D'autres commentateurs, à la suite du plus grand nombre des Pères de l'Église, ont reconnu dans l'état de Saül une véritable Possession. L'écrivain sacré semble favoriser ce sentiment. Un mauvais esprit agitait ce Prince; *Exagitabat eum spiritus nequàm*. Et lorsque ce Prince était soulagé, c'était parce que ce mauvais esprit se retirait de lui. *Recedebat enim ab eo spiritus malus.* De plus, le soulagement que procurait à Saül le son de la harpe, n'infirme nullement ce sentiment. La Possession de Saül pouvait en effet provenir de l'usage que faisait le Démon des mauvaises dis-

***

(1) 1 Liv. des Rois, c. 16. v. 14. — (2) Tob. c. 3. v. 8. — (3) Cajetan, Sanctius et Cornellius à lapide.

positions du corps de ce Prince pour le tourmenter. Aussi conçoit-on comment un procédé naturel suffisait pour calmer l'agitation du Prince, en mettant fin à l'indisposition du corps.

DEUXIÈME ÉPOQUE.

Temps de la Prédication de Jésus-Christ.

Les Saints Évangélistes, en nous parlant de Marie-Magdelaine, ne se contentent pas de nous dire qu'elle fut guérie ou convertie; mais ils ajoutent que J. C. avait chassé d'elle sept Démons, *de quâ ejeceral septem Dæmonia* (1); que sept Démons étaient sortis d'elle, *de quâ septem Dæmonia exierant* (2).

Rapportant la guérison miraculeuse du lunatique sourd et muet, St. Mathieu fait ainsi parler J. C. : Esprit sourd et muet, je te le commande, sors de cet enfant et n'y rentre plus. *Comminatus est spiritui immundo, dicens illi : surde et mute spiritus, ego præcipio tibi, exi ab eo et ampliùs ne introeas in eum (3).* Le même évangéliste ajoute qu'au commandement de J. C. l'esprit impur jeta un grand cri, agita si violemment l'enfant, que plusieurs personnes le crûrent mort, et sortit de lui, *et exiil ab eo.* St. Luc, rapportant la même délivrance, dit que J. C. guérit cet enfant en parlant avec menace à l'esprit impur, *et increpavit Jesus spiritum immundum (4).*

St. Luc rapporte que pendant que J. C. était un jour de sabbat à instruire les juifs dans leur synagogue, une femme courbée, au point de ne pouvoir contempler le ciel, s'offrit à ses regards. J. C. l'appelle, lui impose les mains et la

(1) Marc c. 16. v. 9. (2) Luc c. 8. v. 2. (3) Math. c 9 v. 24. (4) Luc c. 9.

guérit de son infirmité. Infirmité dont la nature permet au Sauveur de dire que depuis dix-huit ans Satan la tenait liée, *quam alligavit Satanas ecce decem et octo annis (1).*

St. Mathieu (2) rapporte que J. C. ayant passé la mer de Tibériade et étant entré dans le canton de Geraza, trouva deux démoniaques, dont l'un était depuis long-temps possédé par plusieurs Démons. Ce possédé allait nu, et faisait sa demeure dans les tombeaux qui étaient creusés dans la montagne, et il était si violent, qu'on ne pouvait le tenir avec les cordes ni avec les chaines dont on essayait de le lier. Chaque passant se déviait pour fuir le lieu de sa retraite vers laquelle se rendit J. C. A la vue du Sauveur il s'écria, Fils de Dieu qu'y a-t-il de commun entre vous et nous, pour nous tourmenter ainsi. Les Démons, par l'organe du possédé, conjurent J. C. de ne pas les chasser, ou du moins de leur permettre d'entrer dans le corps de pourceaux qui paissaient près de là. Quel est ton nom lui dit J. C. L'homme répondant pour le Démon dit : je m'appelle Légion, parce que nous sommes un grand nombre. En même temps il leur commanda de sortir et leur permit d'entrer dans les pourceaux. Aussitôt on vit ces animaux, au nombre de près de deux mille, se précipiter avec impétuosité dans les eaux de la mer.

Nous lisons dans le même chapitre de St. Mathieu (3), qu'on offrit à J. C. plusieurs possédés, et qu'il en chassait les malins esprits par sa parole. *Vespere autem facto obtulerunt ei multos Dæmonia habentes et ejiciebat spiritus verbo.*

St. Luc dit, qu'à la suite de J. C. se trouvait avec les douze Apôtres quelques femmes qui avaient été délivrées de malins esprits et d'infirmités. *Mulieres aliquæ quæ erant curatæ à spiritibus malignis et infirmitatibus (4).*

___

(1) St. Luc. c, 13. v. 16. -- (2) C. 8. v. 28 et suivans. -- (3) V. 16. (4) c. 8. v. 2.

. On trouve encore dans St. Mathieu, qu'on présenta à J. C. des hommes qui avaient des Démons, et il les guérit. *Obtulerunt ei qui Dæmonia habebant et curavit eos* (1).

. Les Apôtres viennent rendre compte à J. C. des prodiges de leur ministère. Maître, lui disent-ils, les Démons nous sont soumis en votre nom. Le Sauveur leur répond : Je voyais Satan tombant du ciel avec la rapidité de l'éclair, *Videbam Satanam sicut fulgur de cælo cadentem* (2).

TROISIÈME ÉPOQUE.

Temps Apostoliques,

Nous lisons dans les actes des Apôtres, 1.º qu'on accourait à Jérusalem, emmenant de toutes les villes voisines des hommes malades et d'autres tourmentés par des esprits immondes, et que tous étaient guéris. *Conveniebat autem et multitudo vicinarum civitatum Jerusalem, afferentes ægros et vexatos à spiritibus immundis qui curabantur omnes* (3).

2.º Que plusieurs de ceux qui étaient tourmentés par les esprits immondes sortaient en poussant de grands cris. *Multi enim eorum qui habebant spiritus immundos clamantes voce magnâ exibant* (4).

3.º Que St. Paul arrivé à Philippe délivra de la puissance du Démon une jeune fille de cette ville, en commandant, au nom de J. C., à l'esprit impur de sortir. *Spiritui dixit, præcipio tibi in nomine Jesu-Christi exire ab eâ* (5). Cette jeune fille prédisait des choses à venir, et était, par suite de la confiance qu'on avait en ses prédictions, une source de richesses pour son maître. Ce prodige suscita à St. Paul une persécution. St. Paul opéra à Éphèse un semblable miracle (6).

---

(1) Chap. 4. v. 24. — (2) St, Luc. c. 10. v. 18. — (3) C. 5. v. 16. (4) C. 8. v. 7. — (5) C. 16. v. 18. — (6) C. 19. v. 12 et suiv.

La conclusion que l'on doit déduire des nombreuses citations que nous venons de présenter, et que nous empruntons à nos Livres Saints, ne peut-être équivoque. L'Esprit-Saint qui en a dicté les pensées, nous garantit la vérité des faits qui y sont consignés. Or, le fait de la Possession y est clairement consigné. Un Chrétien doit donc croire à son existence.

En jouissance de ces faits, un Chrétien est dispensé de fournir d'autres preuves, et quels titres pourra présenter l'incrédule philosophie pour la lui enlever.

Toujours ingénieuse elle nous apprendra que ces Possessions sanctionnées par le récit des Livres Saints n'étaient dans l'un qu'une humeur noire et mélancolique, dans l'autre qu'un sang trop échauffé; ici n'était qu'une ardeur d'entrailles, là qu'un amas d'humeur; quelquefois que l'effet d'une aliénation. Pour chasser donc ce Démon, il ne fallait que guérir le malade, s'il était réellement incommodé; ou réformer son imagination, si elle était déréglée.

De ces subtiles interprétations, nous devons conclure qu'il n'existait des Possédés qu'en apparence, ou des Possédés regardés comme tels sans l'être; mais les Evangélistes nous disent expressément qu'ils étaient possédés, *habebant Dœmonia*; mais ils nous apprennent en propres termes que J. C. chassait les malins esprits, *et ejiciebat spiritus verbo*.

Ou J. C. croyait à la réalité de la Possession, ou il n'y croyait pas. S'il y croyait, quelles lugubres conséquences! Le Divin instituteur de notre Religion, convaincu d'erreur, perd ses droits à notre adoration; et nous pouvons ajouter à notre religieux respect, puisque nous ne pourrons même établir sa mission comme Prophète.

Si J. C. ne croyait pas à la réalité de la Possession, il en imposait par son langage et ses œuvres. Dira-t-on qu'il ne voulait brusquer une opinion fermement établie parmi la nation Juive. Mais l'a-t-on vu donner d'autres marques de

respect pour les préjugés juifs. Sur des points moins impor-
tans il cherche avec zèle à réformer leur croyance. Mais par
respect pour des préjugés, un Dieu pouvait-il par la voie
des prodiges sanctionner l'erreur ? Pouvait-il, du témoignage
de son autorité, étayer une croyance fabuleuse ? D'ailleurs,
aurait-il manqué de faire connaître que son langage aux Démons était un langage figuré; aurait-il, disons-nous, manqué
de le faire connaître à ses Apôtres qu'il chargeait de transmettre aux hommes de toute nation son enseignement ? Et
ainsi, loin de rectifier le jugement de ceux qui allaient devenir
pour les peuples de la terre l'écho des Oracles Divins, et
auxquels, selon sa divine promesse, le Saint-Esprit devait
inspirer toute vérité ; il veut les forcer à admettre comme
vérité une fausse supposition, en faisant du pouvoir de chasser les Démons ; pouvoir qu'il distingue expressément de celui
de guérir des maladies, un des objets de leur sublime mission.
En un mot, la conduite des Apôtres nous prouve qu'ils
ont cru à la Possession; et c'est ainsi que, trompés par les
paroles de J. C., les Apôtres auraient enseigné une erreur
qui se serait, d'âge en âge, perpétuée dans l'Eglise.
Dites-nous, dites-nous encore, impies de nos jours, que
vous ne visez qu'à épurer la Religion ! Votre hypocrite respect pour une Religion que vous ne connaissez pas ; ne peut
qu'exciter notre indignation ! Nous avons avant tout un symbole à professer, et ce ne sera jamais votre audacieuse main
que nous chargerons d'en tracer les articles ! Nous connais-
sons d'avance l'abîme vers lequel vous voudriez nous conduire, celui de l'abrutissement religieux !

Examinons maintenant les deux causes naturelles que la
philosophique prudence substitue au principe que suppose le
dogme de la Possession.

1.o On ne peut attribuer aux vices de la constitution du
corps ou aux révolutions des humeurs ou du sang, les
Possessions rapportées par nos Livres Saints.   4

Pour faire sentir tout le ridicule de cette supposition, nous substituons le nom de maladie à celui de Démon dans quelques-uns des textes que nous avons extraits de la Sainte Écriture. Une maladie, nommée Satan, paraît devant Dieu, et obtient le pouvoir d'affliger le serviteur fidèle Job. Dieu lui adresse la parole. La Maladie lui répond, reçoit de Dieu la permission qu'elle sollicite, lui rend bientôt compte de l'usage qu'elle a fait, et sur une nouvelle demande en obtient une seconde plus étendue que la première. Une maladie nommée Asmodé, donne la mort à sept personnes. Toutes sept, successivement époux de Sara, terminent leur vie le premier jour de leur mariage.

Si nous passons à l'Évangile, les absurdités deviennent encore plus choquantes. J. C. interroge des maladies pour apprendre d'elles leur nombre et leur nom, les chasse des corps, tout en leur parlant avec menaces, les somme de se taire. Les maladies conjurent J. C. de ne pas les tourmenter et de ne pas les chasser. J. C. confesse avoir vu la maladie, appelée Satan, tomber du ciel comme l'éclair au commandement des Apôtres.

O absurdités choquantes! absurdités que vous ne parviendrez jamais à faire goûter au Chrétien, ennemis de notre Foi! Ah! combien nous paraissent méprisables vos pensées, lorsque, dans l'excès de votre orgueil, vous entreprenez de soumettre aux principes que s'est créés votre raison les principes éternels de la sagesse Évangélique! Tremblez orgueilleuses et faibles intelligences! Que votre folle science s'éclipse devant la science divine du Législateur des Chrétiens!

Nous pouvons ajouter que cette philosophique supposition est expressément condamnée par les Saintes Écritures.

St. Luc nous apprend qu'à la suite de J. C. se trouvaient, avec les douze Apôtres, quelques femmes qui avaient été délivrées de malins esprits et d'infirmités. *Mulieres aliquæ quæ erant curatæ a spiritibus malignis et infirmitatibus.* Le même Évangéliste, dans un passage que nous avons également cité, établit une distinction entre le pouvoir de guérir des maladies, et celui de chasser les Démons. C'est ainsi qu'il s'exprime : J. C., ayant réuni ses douze Apôtres, leur donna vertu et pouvoir sur tous les Démons et sur les Maladies. *Convocatis autem duodecim Discipulis, dedit illis virtutem et potestatem super omnia Dæmonia, et ut languores curarent.*

Les Juifs reprochent à J. C. de chasser les Démons au nom de Béelzébuth, prince des ténèbres. Que répond le Sauveur ? Comment pourra se maintenir le royaume des ténèbres, s'il est divisé ? J. C. parle donc d'un royaume, d'un prince de ce royaume, de sujets de ce royaume, de division dans ce royaume, et de destruction de ce royaume. Ce discours est-il, même dans le style figuré, susceptible de la moindre application aux maladies qui affligent l'espèce humaine ?

Les Possessions sanctionnées par le témoignage des Saintes Écritures sont donc autre chose que des maladies corporelles. Ce n'est pas que nous pensions que les démoniaques de l'Évangile ne fussent pas atteints de maladies corporelles. Une pareille supposition semblerait offrir une contradiction assez manifeste. Peut-on en effet supposer le Démon maître du corps d'un homme, sans admettre en même temps une révolution dans l'économie animale.

2.º La deuxième supposition par laquelle l'impie attribue les Possessions de l'Évangile à la Démonomanie ou à une folie qui consistait à se croire faussement possédé par le Démon, trouve sa réfutation dans plusieurs des raisonnemens que nous venons de former.

Concluons donc que la Possession, telle que nous l'avons définie en tête de cette dissertation, a existé avant la venue du Messie, quelle a existé pendant le cours des prédications de J. C.; enfin, qu'elle a existé pendant les temps Apostoliques. Il nous reste actuellement à examiner ce que nous devons penser de son existence depuis les temps Apostoliques jusqu'à nos jours.

§. II.ᵐᵉ

Un Chrétien ne peut se refuser à admettre l'existence de la Possession depuis les temps Apostoliques.

1.° L'Église, ainsi que nous l'avons déjà observé, institue des prières d'exorcismes et les accompagne de réglemens basés sur l'expérience. Précautions que ne lui aurait point inspirées sa sagesse, si la Possession eût été sans exemple depuis les temps Apostoliques.

2.° Les saints Pères ont reconnu des faits de Possession dont ils n'ont pas craint de transmettre le récit à la postérité, en les consignant dans leurs immortels ouvrages. Peut-on, sans tomber dans le plus absurde pyrrhonisme, condamner la croyance de tous ces doctes défenseurs de la Foi? Il n'en est pas un, parmi ceux des quatre premiers siècles, qui n'atteste que les Exorcistes Chrétiens chassaient les Démons du corps des Payens qui en étaient possédés, et qu'ils forcaient ces esprits à avouer ce qu'ils étaient. Ils vont même jusqu'à défier les Payens de produire des Démoniaques devant les Chrétiens. « Qu'ici, devant vos tribunaux, disait Tertullien, soit emmené quelqu'un, reconnu pour possédé du Démon, et qu'un Chrétien, quel qu'il soit, commande à cet esprit impur de parler; cet esprit des ténèbres avouera aussi véritablement alors qu'il n'est qu'un Démon, qu'ailleurs il ose faussement se donner comme un Dieu. » *Edatur hic aliquis, sub tribunalibus vestris, quem dœmone agi constet; jussus à quolibet Christiano loqui ille : tàm se Dæmonem confitebitur de vero, quàm alibi Deum de falso* (1).

_____

(1) Tert. Apolog. c. 23.

3.º En suivant le cours des siècles, nous pouvons, comme à chaque pas, recueillir des preuves de la vérité que nous établissons. Les Histoires tracées par des mains vouées à la vérité nous offrent des exemples de la Possession. Les Auteurs profanes ont sur ce point joint leur témoignage à celui des Historiens sacrés. Et si nous nous abstenons de citer des faits, c'est que nous ne voulons rien mettre en thèse dont la vérité ne puisse être catholiquement démontrée, c'est-à-dire, que nous ne puissions baser ou sur l'enseignement ou sur la pratique de l'Église.

Nous devons à la vérité d'avouer qu'en ce qui regarde les Possédés, il y a eu souvent de l'ignorance et de la crédulité, et quelquefois de l'imposture. Tous les siècles en ont fourni quelques exemples. Mais ces exemples fussent-ils encore plus nombreux, serait-on en droit d'en déduire une dénégation générale. Il n'est point conforme aux règles de la saine logique de tirer une conclusion générale de quelques faits particuliers.

QUESTION CINQUIÈME.

Que doit-on penser de la Possession pour le temps présent.

QUELQUE extraordinaire que paraisse et que soit en effet cette question, elle n'est point un hors-d'œuvre. La vérité au jugement de plusieurs n'est point éternelle et immuable. Telle chose réputée sagement vraie hier, peut à leurs yeux avec une sagesse égale être réputée fausse aujourd'hui, et demain sans contradiction être rangée dans la série des vé-

vérités incontestables. Pour eux la vérité n'a d'autre carac-
tère que l'esprit du jour, et celui, qui ne se laissera pas
influencer par cet astre à la mode et inconstant comme la
mode, sera jugé croupissant dans les plus épaisses ténèbres.

PROPOSITION.

*Nous devons pour le temps présent admettre la possibilité de
la Possession.*

Dans les choses qui dépendent de la libre volonté de Dieu,
tant que Dieu ne manifeste pas une volonté contraire, on peut
et on doit, de l'existence passée d'un fait, déduire pour le
présent la possibilité de l'existence de ce même fait. Or, où
lisons-nous que le pouvoir de chasser les Démons, conféré
à l'Église, ne devait pas franchir les limites du dix-huitième
siècle.

Pauvre siècle, qui te laisses ainsi aveugler et séduire ! Tu
apprendras à connaître ces zélés panégiristes de tes lumières
et de ton esprit. On te traîne vers l'échafaud, et on parvient
à te persuader que le tombereau de sinistre augure, sur lequel on te porte, est un char de triomphe.

On nous vante les rapides progrès des Sciences physiques.
La religion y applaudit. C'est un titre de plus à sa gloire,
car jamais il ne s'en détachera un seul trait dirigé avec force
et vérité, contre les Dogmes que notre foi nous apprend à
chérir. L'homme orgueilleux et impie pourra bien par de
vaines recherches apporter au trouble de son ame quelque
adoucissement, et trouver dans des sciences, évidemment
marquées du seau de l'inconstance humaine quelques artifi-
cielles vérités, opposées aux principes de la Foi, principes

éternels et immuables comme Dieu. Mais que ces doctrines de l'homme puissent prévaloir contre la doctrine du Christ, c'est ce qu'un chrétien se glorifie de rejeter. La Foi chrétienne a été par son divin instituteur raffermie au milieu des révolutions de l'esprit humain, ainsi qu'un roc, qui par ses racines tient aux entrailles de la terre, l'est au milieu de la mer. Par sa victorieuse résistance, il voit s'anéantir la fureur des flots dont le vent inconstant détermine et la direction et la force.

Que les Physiciens donc créent ou perfectionnent des systèmes qui puissent avec succès rendre raison des phénomènes qu'on a trouvé le moyen de classer avec tant d'art, qu'ils étendent par de nouvelles découvertes le domaine du merveilleux fluide, qu'à l'appui de leurs spirituelles conceptions ils ravissent les sens par d'admirables expériences, qu'ils arrachent à la nature ses derniers secrets! Nous, Chrétiens, nous applaudirons; parce que pour nous la beauté et la perfection des créatures publient la gloire du Créateur. Mais si des ennemis de notre symbole voulaient s'en servir, comme d'une redoute fortifiée, pour attaquer notre croyance; sans nous permettre de discuter notre Foi, nous ne verrions alors que fausseté dans leurs principes, ou fausseté dans les conséquences qu'ils en déduiraient.

La Médecine, est celle des sciences physiques dont on oppose les connaissances au dogme de la Possession. Nous respectons son domaine et nous ne redoutons nullement sa perfection qui va toujours croissante. Car à quoi se réduisent ses découvertes? A déterminer une maladie corporelle, à en découvrir les caractères et les causes physiques, à connaître enfin les remèdes propres à dissiper la maladie. Tel est le domaine de la Médecine, et nous n'osons penser qu'on puisse prétendre lui faire franchir des limites que la nature lui a assignées. Or, en cela n'est pas la possession, puisque nous admettons que de deux personnes, fournissant les symptômes d'une même maladie, une peut être possédée, l'autre ne l'étant pas. De plus, la maladie corporelle pouvant être l'effet naturel de l'action du Démon sur le corps, ainsi que nous l'avons déjà observé, il restera toujours pour MM. les Docteurs incrédules à établir que la maladie qu'ils ont remarqué et caractérisé avec certitude n'est point l'effet de la présence du Démon.

QUESTION SIXIÈME.

Quels sont les signes de la Possession ?

On ne peut avec sagesse croire à l'existence de la Possession, sans des faits qui établissent, sur le corps de l'homme, l'action d'une intelligence ennemie de l'ordre et de la vertu, et distincte de l'ame. Ces faits ne peuvent être produits que par une opposition avec les choses saintes, opposition qui se fait remarquer par les paroles, signes et actions de l'homme.

Il est, avons-nous dit, non seulement nécessaire d'avoir des preuves de l'action d'une intelligence ennemie et de l'ordre et de la vertu, mais encore d'une intelligence clairement distincte de l'ame ; car il peut arriver que cette opposition provienne de l'ame : ce qui arriverait effectivement dans une double hypothèse qui n'a rien de chimérique. 1.º Dans l'hypothèse de l'infernal calcul qu'inspirerait ou l'indigence ou l'impiété, 2.º dans celle d'un bouleversement dans les facultés morales. Il importe donc infiniment de connaître les signes, à l'aide desquels on pourra se convaincre de l'action d'une intelligence distincte de l'ame.

L'opposition avec les choses Saintes peut seule suffire pour légitimer le soupçon de Possession, si elle est accompagnée de certaines circonstances qu'un exemple fera plus exactement connaître qu'un exposé. Pourrait-on raisonnablement douter de la réalité de la Possession d'une personne, qui, insensible à un signe indifférent, éprouvera régulièrement d'involontaires convulsions au signe sacré de la Croix qu'on aura un soin scrupuleux de dérober à ses sens ? Pourra-t-on également douter de celle d'une personne qui ne sera nullement émue par la vue et l'attouchement d'un reliquaire falsifié avec le plus minutieux soin et le plus rigoureux secret, et qui sera vivement et régulièrement agitée par l'approche ou l'attouchement d'un vrai reliquaire, surtout si, par les précautions prises, elle doit naturellement en ignorer la présence ?

Indépendamment des circonstances qui peuvent accompagner l'opposition aux choses saintes et que nous venons d'exposer, il est des signes, approuvés par la pratique de l'Eglise, propres à nous faire connaître avec certitude la présence d'une intelligence revêtue d'une puissance supérieure à celle de l'âme, intelligence qui ne pourra évidemment être que le Démon. Les signes, capables de servir sur le point de la Possession de solide fondement à notre jugement, sont 1.º la suspension sans appui, 2.º des actes de force évidemment au-dessus de la force humaine, 3.º la manifestation des choses cachées, 4.º enfin l'intelligence et surtout l'usage des langues inconnues à la personne.

Nous admettons comme signe indubitable de Possession.

1.º La suspension sans point d'appui. Ainsi prévenons-nous par ce seul mot, sans point d'appui, l'objection qu'on pourrait tirer de l'état des personnes atteintes de maladies de nerfs, qui, dans les momens d'une vive attaque, se tiennent par l'extrémité de leurs mains attachées aux murailles d'un

appartement, etc. On conçoit en effet qu'alors la roideur des
nerfs jointe à la résistance d'un point d'appui, quel qu'il soit,
suffit pour donner au malade le moyen de vaincre la tendance
du corps vers le centre de la terre par une force opposée
et supérieure.

À ce signe se rattache le fait de la marche sans art sur
la surface des eaux, parce que la résistance qu'opposent les
eaux n'est point suffisante pour vaincre le poids du corps.

2.o Des actes de force évidemment au-dessus de la force
humaine. Sous ce rapport, il faut user de la plus grande
réserve, vu qu'on voit se reproduire assez souvent comme
de vrais prodiges des actes d'une force extraordinaire qui
trouve son principe dans une indisposition naturelle. On
conçoit cependant qu'un acte de force peut servir avec succès à établir la réalité d'une Possession.

3.o La manifestation des choses cachées. Une chose peut
être cachée pour une personne ou parce qu'ayant existé la
connaissance n'a pu parvenir à la personne par les voies
naturelles, ou parce qu'arrivant dans le lieu même où est
la personne, cette personne ne peut en avoir naturellement
connaissance, ou parce qu'elle arrive dans un lieu différent
sans que la personne en soit naturellement instruite, ou parce
qu'enfin son existence n'est que dans le futur.

On pourrait objecter que Dieu seul connaissant l'avenir,
on ne peut admettre comme preuve de Possession la manifestation des choses futures.

Nous répondons qu'il est vrai que Dieu, par la vertu de
son intelligence, lit dans le futur, comme dans le présent
et le passé, que tout lui est tout à-la-fois présent,
qu'il est vrai de plus que Dieu nous assure qu'il n'a point
accordé ce privilége au Démon; et de là nous concluons,
qu'en annonçant par la bouche d'un possédé les choses futures, le Démon ne prédit, ni par une vertu qui lui est

propre, ni par inspiration comme les Prophètes, mais par conjectures. Plus habile que l'homme dans l'état des comparaisons, plus versé que lui dans la connaissance de la marche des passions, constamment appliqué à l'étude des dispositions du cœur et de l'esprit que lui manifestent les actions, le Démon peut conjecturer avec plus d'assurance que l'homme. D'ailleurs pouvant dans le plus court délai se trouver présent à plusieurs lieux en dérobant constamment sa présence, il peut avoir d'un projet une connaissance qui surpasse l'étendue du pouvoir de l'intelligence de l'homme.

Cette manifestation des choses cachées doit, par sa clarté, son exactitude, en un mot, par sa nature, être telle, qu'on ne puisse la regarder comme un effet du hasard ou d'une naturelle conjecture. Tel serait par exemple le cas où une personne rendrait exactement compte d'une action sans liaison avec le passé, action qui a lieu, dans le moment où elle parle, dans un endroit éloigné, et qui, en même temps, ferait connaître, avec l'exactitude d'un témoin oculaire, les circonstances qui n'accompagnent pas nécessairement l'action, c'est-à-dire, des circonstances accidentelles et insignifiantes.

Notre raison étant dans ces diverses suppositions impuissante à parvenir par ses forces propres, aux connaissances, dont nous admettons la manifestation, on doit nécessairement admettre l'intervention du Démon.

Ce troisième signe, revêtu des caractères que nous lui assignons, diffère évidemment de la manifestation vague d'événemens qui se lient naturellement avec d'autres, qui déjà ont eu lieu, ou dont les convenances réclament l'existence. Cette manifestation est l'effet naturel d'une conjecture que rendent plus parfaite une plus grande présence d'esprit et une plus exacte comparaison.

4.° L'intelligence et surtout l'usage de langues inconnues. Ainsi, par exemple, l'intelligence et l'usage du grec et du latin pour un Français qui n'aurait jamais connu que l'idiôme de sa patrie. Le Rituel Romain, en assignant ce fait comme un signe de Possession, s'exprime ainsi : *Ignotâ linguâ loqui pluribus verbis, vel loquentem intelligere* : c'est-à-dire, qu'on ne doit point déduire la réalité de la Possession de l'intelligence ou usage d'un petit nombre de mots d'une langue inconnue.

Après avoir exposé et briévement détaillé les caractères qu'a adoptés l'Église pour fournir à ses ministres le moyen de se préserver des dangers de l'illusion, nous nous croyons en droit évident de conclure :

1.° Que l'état d'une personne qui présenterait, d'une manière bien marquée, tous ces signes est un état de vraie Possession.

2.° Qu'un seul de ces quatre signes, s'il était bien caractérisé, uni à l'opposition involontaire aux choses Saintes, sans que cette opposition eut d'autres caractères que son existence, suffirait pour légitimer la croyance à la réalité de la Possession.

Ces signes, ainsi qu'on le remarque naturellement, sont de nature à se développer dans un possédé avec plus ou moins d'étendue et d'évidence ; et ainsi peut-il arriver qu'on soit obligé de prendre le parti de la neutralité, ayant trop de preuves pour nier et point assez pour affirmer.

Telles sont les règles de sage prudence, qu'en cette délicate matière, a adoptées l'Église ; et fut-il vrai de dire que l'existence de ces signes ne se rattache pas avec certitude à celle de la Possession, l'Église en serait-elle moins digne de notre religieux respect et de notre respectueuse soumission ? Elle admet la possibilité de la Possession, et elle cherche dans les événemens les plus extraordinaires les preuves du fait dont elle professe la possibilité. Pouvait-elle se conduire avec plus de sagesse ? Pourront-ils, les ennemis de sa discipline, opposer une telle prudence pour donner quelques légers fondemens à leurs éternels reproches d'imposture? Qu'ils sont misérables ces hommes, voués au désordre Religieux, qui n'ont que de pareilles armes pour protéger leurs audacieux systèmes!

~~~~~~~~~~~~~~~~~~~~~~~~~~~~~~~~

QUESTION SEPTIÈME.

Comment doit se conduire un Chrétien Catholique lorsqu'un fait de Possession est annoncé?

————⬦————

CETTE question, que sa pratique rend la plus importante de toutes, devient la plus facile à résoudre par suite des détails dans lesquels nous sommes déjà entrés.

Convaincu de la possibilité du fait qu'on lui annonce, convaincu de plus que l'existence de ce fait n'est point une chose nécessaire en elle-même et par rapport à la Religion, dont la divinité est suffisamment établie sans le secours de nouveaux prodiges, n'imitant pas la conduite des ennemis de la Foi, qui se hâtent d'avancer et nier avec feu, crainte qu'en la considérant avec calme, la vérité religieuse ne finisse par leur imposer le joug de la conviction, évitant également avec soin une trop grande crédulité toujours dangereuse, un Chrétien sage et prudent, Chrétien Catholique, suspend son jugement. Il attend que les faits soient éclaircis, et ne prend aucune décision, que les Supérieurs Ecclésiastiques, établis Juges par le Ciel même, et qui sont en voie d'obtenir des renseignemens avec l'assurance morale de n'être pas trompés, ont prononcé.

OBSERVATIONS

détachées sur la Possession.

1.º La Possession peut différer quant à son étendue, c'est-à-dire, que le pouvoir sur le corps de l'homme que Dieu accorde au Démon n'est pas le même dans tous les Possédés. Un possédé peut-être plus ou moins tourmenté. L'Évangile nous le prouve, entr'autres, par l'exemple des deux possédés qui habitaient les sépulchres et dont l'un plus furieux était, pour la contrée toute entière, un sujet d'épouvante.

2.º La Possession peut n'être que pour un temps. Dieu, qui la permet, peut bien assigner des limites à la durée du pouvoir que, dans des vues de miséricorde, ou de justice, il donne au Démon.

3.º La Possession peut n'être pas constante dans ses effets, c'est-à-dire, qu'il peut y avoir des temps de suspension pour l'exercice du pouvoir donné au Démon. Le Lunatique possédé et guéri par J. C. en est la preuve.

4.º Plusieurs Démons peuvent posséder une même personne. On peut à l'appui, après l'exemple de Marie-Magdelaine et du furieux de Géraza, rapporter ces paroles de J. C. : lorsqu'un Démon est sorti d'un homme, il va dans les déserts ; mais ne pouvant trouver le repos qu'il cherche, il se joint sept autres esprits plus méchans que lui ; et tous viennent ensemble établir, comme leur demeure, dans le corps de cet homme. (1).

----

(1) St. Math. c. 13. v. 13 et suivans.

5.º Les Démons ont des noms. L'Écriture-Sainte nous en donne l'assurance. Béelzébutz, Satan, Asmodé, etc. L'Église confère de plus à celui, qui revêtu de son autorité, fait les exorcismes, le pouvoir d'arracher au Démon son nom.

6.º La Possession est compatible avec l'état de grâce. On en trouve la preuve dans l'exemple de Job et dans l'usage fréquent de la Communion, que les Rituels prescrivent comme un des moyens que doit employer le possédé pour se disposer aux exorcismes.

7.º La Possession peut exister sans fait surnaturel et même extraordinaire. Telle était le genre de Possession de cette femme que J. C. guérit dans la Synagogue. L'Évangile nous dit uniquement qu'elle était courbée au point de ne pouvoir regarder le Ciel; signe si peu convaincant de Possession, que les Apôtres la montrent à leur Maître comme une personne malade.

FIN.

CONCLUSION.

QUE tous les Catholiques, que tous les Chrétiens qui ont fait l'objet de leurs discours des événemens qui ont donné lieu à cette dissertation, repassant dans leur esprit les matières successivement traitées, comparent leur croyance avec les vérités que nous venons d'établir, et qu'ils disent encore, répétant sans y penser, la sentence de mort portée par l'impie contre la Réligion Chrétienne et Catholique ; nous ne vivons plus dans des temps de crédulité.

Vous ne vivez plus dans des temps de crédulité ; c'est-à-dire, vous avez cessé d'être Catholiques, puisque l'Église a cessé d'être pour vous l'organe de la Divinité, et de la vérité la règle infaillible. C'est-à-dire, vous avez cessé d'être Chrétiens, puisque les paroles de J. C. ne peuvent imposer à votre orgueilleuse raison le joug de leur autorité. Qu'est-donc votre Catholicisme ? Qu'est-donc votre Christianisme ? Deux monstres composés de vérités et d'erreurs, aussi insociables que Dieu et Bélial. Prêtez, prêtez encore l'oreille aux chants enchanteurs des sirènes philosophiques ? Bientôt, tombant dans cette indifférence, dont avec tant de gloire on vous force à considérer les horribles abîmes, vous vérifierez par votre exemple, si déjà vous ne l'avez fait, ces paroles du Sage : *Impius, cùm in profundum venerit... contemnit* (1).

---

(1) Prov. c. 18. v. 3.

www.ingramcontent.com/pod-product-compliance
Lightning Source LLC
Chambersburg PA
CBHW060851180626
46818CB00004B/1650